사월의 꽃잎

사월의 꽃잎

발행일	2017년 2월 17일		
지은이	백 승 학		
펴낸이	손 형 국		
펴낸곳	(주)북랩		
편집인	선일영	편집	이종무, 권유선, 송재병, 최예은
디자인	이현수, 이정아, 김민하, 한수희	제작	박기성, 황동현, 구성우
마케팅	김회란, 박진관		
출판등록	2004. 12. 1(제2012-000051호)		
주소	서울시 금천구 가산디지털 1로 168, 우림라이온스밸리 B동 B113, 114호		
홈페이지	www.book.co.kr		
전화번호	(02)2026-5777	팩스	(02)2026-5747
ISBN	979-11-5987-443-7 03810(종이책)		979-11-5987-444-4 05810(전자책)

이 도서의 국립중앙도서관 출판예정도서목록(CIP)은 서지정보유통지원시스템 홈페이지(http://seoji. nl.go.kr)와 국가자료공동목록시스템(http://www.nl.go.kr/kolisnet)에서 이용하실 수 있습니다. (CIP제어번호 : CIP2017004229)

백승학 시집

사월의 꽃잎

북랩 book Lab

누군가 일찍이 노래했듯이
지나간 모든 날은 저에게도
아름답기 그지없었으나
돌아보면 늘
아쉽고,
미안하고,
왜 이렇게 마음이
아파오는 걸까요?

오늘, 오래된 시 한 구절이
생각이 났습니다.
'초원의 빛이여,
꽃의 영광이여,
다시는 그것이 돌려지지 않을지라도
서러워 말지어다.
다만 그 속 깊이 간직한

오묘의 힘을 찾으소서!'

(윌리엄 워즈워스 William Wordsworth)

그리고 오늘, 오래된 책갈피 속에서

어느 날의 사진 한 장을 보았는데

바래진 빛들과

희미해진 영광 때문이었는지

아니면, 바래진 빛 너머로

더욱 선연해지는 기억과

눈부신 영광의 그림자 때문이었는지

자꾸 눈물이 났습니다.

이 시집을

언제나 소중하고

눈물 가득하게 아름다운

어리던 날의 가족과

가장이 되고 난 이후의 가족

모두에게 바칩니다.

목차

제2부 곤고한 날에는 생각하라

제3부 형통한 날에는 기뻐하라

제4부 정겨운 날에는 춤을 추라

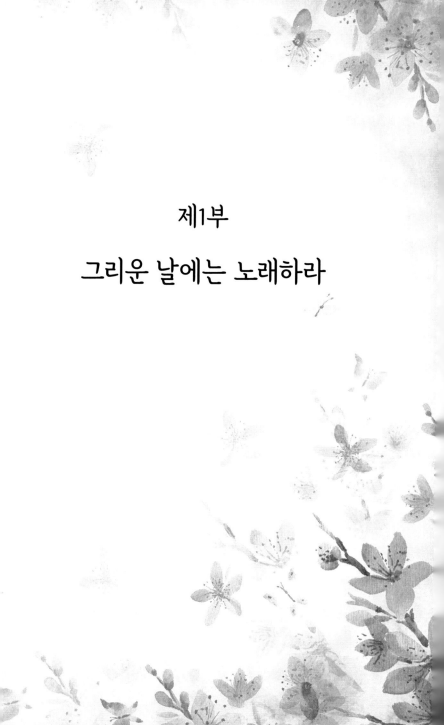

제1부

그리운 날에는 노래하라

어느 돌고래의 노래

어떤 날은 더 먼 바다의

눈부신 물살이 그리워지기도 하였으나,

부두가 내다보이는 바위틈에서

재깔거림과 닮아있는 사람들의

웃음소리를 듣는 것이

나는 좋았어.

나의 귀는 너무나 밝아서

모래톱을 걷다가 저물어가는 하늘을

하염없이 바라보던 노부부의 속웃음까지

들을 수 있었어.

해변을 순환하는 유람선 위에서 사람들이

한꺼번에 웃을 때도 누구의 웃음인지

놓치지 않을 수 있었어.

때로 먼 해류의 속살 만큼 짙은 웃음

또는 깊은 울음을

누가 감추고 있는지도

알 수 있었어.

그거 알아?
유람선이 포구에 정박하고 당신들은 하나둘
숙소로 돌아가면
내가 당신들의 표정,
당신들의 몸짓,
당신들의 웃음을 따라 해 본다는 것을.
팔을 내밀어 어깨동무를 하거나
누군가와 특별하지도 않은 이야기를 나누며
당신들처럼 깔깔거리고 싶어 한다는 것을.
햇살은 부서지는 데
유람선 구석에 혼자 앉아 내내 눈물만
그렁거리던 사람의 노래를 따라 부르며
울기도 한다는 것을.
나도 이별한 적 있고,

나도 아프고,

나도 누군가를 그리워하며

살아간다는 것을.

청천동 도로공원에서

인천광역시 부평구에 청천 하늘 할 때
청천동 하늘과 가까운 산동네의
도로공원 옆에는
아빠와 준혁이 두 식구가 산다.
가끔씩 아이들이
공원으로 몰려오기도 하지만
그들은 곧 더 넓은 운동장으로
내려가든지,
더 높은 철마산으로 흩어져
인생을 배워야 한다고 하였다.
그럴 때마다 공원은 안개 속에
숨었는데
비가 내렸는데
준혁이는 오늘도 어중간한 공원
부서진 시소와
녹이 슨 미끄럼틀 사이에 앉아

자신의 신발을 바라본다.

본의 아니게 어중간해진 자신의 삶을

바라본다.

신발은 얼룩이 졌고

서울 신림동 살 때 엄마가 묶어준

끈도 더러워져

아, 그리움마저 검어져

공원은 마치 깊은 우물처럼

적막하였는데

인천광역시 부평구에 청천 하늘 할 때

청천동 하늘과 가까운 산동네의

도로공원 옆에는

아빠와 준혁이 두 식구가 산다.

햇살과 씨앗

글을 쓰려고 책상 앞에 앉았을 때
문틈 사이로 벼르던 햇살이 들어와
함께 갈 데가 있다고 쓴다.
나는 코발트 빛 투명한 향기에 취해
햇살을 따라간다.
노래하러 간다.

우암산 후미진 산자락
외로운 샘가에 쭈그려 앉아
통곡을 하면서라도 부르고 싶은 노래
너무 많아서 차마 부르지도 못하고
샘물만 마시다가
씨 뿌리러 간다.

나보다 앞서가는 햇살,
들풀들 우거진 빈 들에 와

씨를 뿌린다.

주여 내가 의연할까요?

잡목 같은 나라도 이쁠까요?

잦은 바람

눈물 속에서 들리다.

글을 쓰는 것보다 소중한 것은

글을 쓰려는 것.

노래보다 아름다운 것은

노래하고 싶다는 것.

가문 날에도

씨앗이 말라죽지 않는 것은

뿌린 이의 눈물을 기억하려는 것.

돌아오는 길에

잊혀졌던 씨앗들

사랑,

인정머리,

의로움, 그리고
누군가 말했듯
인간에 대한 예의,
하나,
둘,
셋,
넷…
가슴 속에 담았다.

햇살은
날 배웅하고는
구름 위로 떠오르더니
멀고 힘든 딴 곳으로
떠나갔다.

사월의 꽃잎

- 내 그리운 날의 연가

4월의 꽃잎은 내게 정오의 햇살 같고 어린 날의 등불 같았다. 3월이 남겨 둔 투명함과 다가올 5월의 따스함이 섬세하게 섞여드는 4월에 피어나서 마음껏 빛나야 할 4월의 꽃잎이, 한 생애를 지나는 동안 어떠한 여한도 없어야 할 고운 4월의 꽃잎이 어느 날 바람의 향기를 따라 자신의 보금자리인 나뭇가지 끝을 벗어나기로 결심하였을 때 그저 발 디디며 살아갈 넉넉한 대지를 꿈꾼 것은 아니었을 것이다. 오히려 눈부신 하늘 위로 새처럼 날아올라서 확신할 수 없는 것들과 떨쳐내지 못한 그리움마저 쉽게 닿을 수 없을 먼 하늘의 어느 한 켠을 4월의 빛깔로 선연하게 물들이고 싶었을 것이다.

하지만 내 4월의 꽃잎이 높이 날아오르기도 전에 이내 대지로 내려앉은 것은 세찬 날갯짓이 힘에 겨워서가 아니었을 것이다. 오히려 꿈결인지 고운 살결인지 처음부터 자꾸만 눈물이 나던 바람의 향기에 이끌려 하늘의 빛나는 영광마저 버리고 내 그리운 날의 언덕으로 기꺼이 내려앉았으리라. 그리하여 4월의 꽃잎은 한 번도 등 돌려 본 적 없던 푸른 하늘의 손을 까

무룩이 놓치고 난 후에야 서러울수록 더욱 빛나는 초원의 아름다운 영광을 비로소 보게 되었을 것이다.

가슴 두근거리게 하던 무수한 햇살마저 걸어왔던 자신의 길로 돌아가는 어느 어스름한 시각에 4월의 꽃잎은 보내는 자의 눈빛을 닮은 푸르른 등허리로 4월의 언덕 위를 오래도록 맴돌고 있었는데, 맴돌고 있다가 마침내 4월의 꽃잎은 지나간 날의 모든 기쁨과 눈물까지 알고 있는 저 시원의 그늘에서 내 그리운 날의 연가를 들려주고 있었다.

숲 속의 빈터에서

빽빽한 나무들이 한 걸음씩 서로
비껴서기로 결의하던 숲 속의
빈터에는
청량한 바람들과, 빛 고운 햇살들과
푸르고 서늘한 사연들이 고여 들어
투명한 옹달샘 하나가
생겨났는데,
세월은 산그늘 사이에서
아무 걱정도 없다는 듯이 단잠에
빠져들었을 것이다.

숲 속의 빈터에 겨울이 오면
나무들은 시시로 눈가루들을
털어내고,
더 깊은 곳을 향하여 웅크리던 샘들의
원천에는 두터운 얼음들이 양식처럼

쌓여가고 있었을 것이다.

긴 겨울을 지내고 난 숲 속의
빈터에는
만연하는 꽃 이파리들을 닮은 각 색의
빛깔들이 낮은 곳으로
흘러들고,
아직 못 다 부른 노래와
미처 흐르지 못한 물길들은
쉽게 멀어졌기에 쉽게 잊지도 못하는
가슴들을 하나둘
적셔주고 있었을 것이다.

마른오징어를 구우며

멀리 떠나온 날 낯선 숙소에 앉아

마른오징어를 굽고 있는데,

어두워진 창밖으로 먼바다가 보였는지

어느새 검은 눈빛으로 살아난 오징어가

이리저리 몸을 뒤척인다.

오징어는 먼바다를 바라보고

나는 먼 시절을 바라본다.

푸르른 저녁,

하루의 노동이 이미 힘겨웠을 아버지는

연탄불이 지펴진 손수레를 끌고 나가

오징어를 구우셨다.

바다의 빛깔을 담은 오징어의 눈빛

서글퍼지고,

조금씩 밤이 깊어질 무렵이면

아버지는 마치 관객을 불러 모으는 광대처럼

춤을 추기 시작하셨다.

뜨거운 불 자락에 손가락을 데고 추는 춤,

아, 불 앞에서도 여전히 추웠던 이가 추던 그 춤을 우연히
보고 난 후

나는 한 번도 그 춤을 잊은 적이 없었다.

오늘 낯선 곳에서 마른오징어를 굽다가

나 이렇게 춤을 추어보는데,

저 먼바다에 해가 지고 또 떠오를 때까지

아버지처럼 춤을 추어보다가 나는

그 먼 시절 아버지가 춤을 추실 때

단지 추위를 잊으려고 추신 것이 아니라

바다가 내는 아름다운 물결을 따라

추셨다는 것을 알게 되었다.

또한, 춤을 추시면서 아버지는

손수레 위의 저 작은 불기들이

어느 추워져 가는 바다에 닿고 또 닿아서

기적이라는 듯이 크고 따뜻한 바람으로

일어서기를 바라셨던 것이며,

아버지를 춤추게 하던 추워져 가는 바다,

그러나 삶의 고비마다 어디선가 불어온 온기에

기적이라는 듯이 데워지던 그 바다가 나였음을

비로소 알게 되었다.

영화관 앞에서

무심코 흘려보낸 것이
세월만은 아니었겠으나
그것이 무엇인지는 도무지
떠오르지가 않아서
나는 오늘도 하염없이
하늘을 바라보았다.
하늘은 옅은 코발트 빛이 나는
커다란 영사막 하나를 내 앞에
펼쳐 내렸으나
나는 숱한 부끄러움
감추고만 싶어서
빛나는 하늘은 등 뒤에
세워두고
헝클어진 머리카락을 자꾸
매만지고 있었다.

영화관 같은 세상이

시나브로 어스름해져 갈 때

잊지 않고 있는 것은

하늘이 아니라

각색의 필름들을 감아두던

작은 영사실 같은

내 가슴이었기에

매표소 앞의 인파들 속에서

저무는 하늘은 등 뒤에

세워두고

멍든 가슴을 자꾸

쓸어내리고 있었다.

우체국 창가에서

먼 곳으로 가는 사연들이

하오의 바람과 함께 소동하는 우체국

창가에선 세월도 자꾸

먼 곳으로만 흘렀다.

책갈피 속에 묻어둔 꽃잎들과

낡은 엽서들을

우체국 창가의 깊은 햇살에

채색하고 싶은 날이었다.

지나 보낸 날들이 항상 뜨거웠거나

차갑지는 않았어도

미지근하지도 않았기에

마음만 자꾸 시려 오는

이번 가을엔

가까이 있는 이와

만나야겠다.

때론 많이 흔들려도

함께라서 좋은 코스모스들,

우체국 처마 끝으로 보이는

잠자리들의 축제가

흥겹다.

언젠가 계곡 위,

널찍한 돌들의 처마 위에서 쉬어가던

우리들의 세월처럼

깊은 노을 같고,

깊은 산자락 같은 날에,

앨범 속의 사진들이랑

책갈피들 속의 엽서들을

내 기억 속의 창가에 널어두고,

이번 가을엔

가까이 있는 이와

만나야겠다.

어두워지는 산길에서

I

어두워지는 산길에 달이 떴다.

혼자 울고 간 것이

산새만은 아니었다.

방한용 마스크로도 감춰지지 않는 눈물을

잣나무 숲에 묻어두고 돌아서는

그대의 시선이 창백하다.

그 날 창백한 산길 위로는

울지 말라 하며 자꾸만 우시던

내 어머니의 눈물 같은 세월을 건너며

조금씩

달이 지고 있었다.

II

어두워지는 산길에 싸락눈이 내렸다.

혼자 서성인 것이

산노루만은 아니었다.

지난여름 오랫동안 흐렸으나

강물에 닿지 못한 물그림자의 탄식을

무덤가에 남겨두고 돌아서는

그대의 어깨가 흔들린다.

그 날 흔들리는 산길 위로는

아파하지 말라 하며 자꾸만 아파하시던

내 아버지의 신음 같은 사연을 풀어내며

속절없이

싸락눈이 쌓이고 있었다.

III

어두워지는 산길에 계절이 지나갔다.

길을 놓친 날이라고 모두

어둡지는 않았다.

오래 지피고 난 후에야 타오르는

생나무 장작 앞에서

작은 일에도 기뻐하던 사람아,

우리가 함께 건넌 이야기들이

땅거미처럼 젖어든다.

그날 젖어드는 산길 위로는

돌아보지 말라 하면서 자꾸만 돌아보던

내 누이의 머릿결 같은 능선을 타 내리며

꿈을 꾸듯

바람이 모여들고 있었다.

아현동 도로공원에서

아현동 도로공원의 구석진 자리에
질기고 촘촘한 질경이 풀들이
자라나고 있었다.
깊은 산,
외딴곳에서 보던 질경이 풀들을
깊은 빌딩, 분주한 곳에서 보네 하며
일어서려는데,
어느 산중에서 옮겨왔을까?
질경이 풀들 곁으로
챙 넓은 자작나무 그늘이
더덕 냄새를 풍기며 흔들리고 있었다.

힘들 때마다 무릎 꿇던 교회당의
붉은 종탑 위로 노을이 걸릴 때
아직도 계곡의 바람 소리가 나는
화강암 계단 곁으로 이팝나무 이파리

무성하였다.

이팝나무 이파리들은 함께 했던 날의

입장권을 걸어 놓은 것 같았다.

하얀 달빛이 입장권들 위에서

서로의 옷깃이 닿을 때처럼

서걱이고 있었다.

다시 운동장에서

그때 운동장에는 연일

아이들이 달리고,

아이들을 따라 바람이 달리고,

햇살도 달렸으며

오월의 강물 같은 푸른 꿈들로

가득하였다.

어느 날 한 아이가 텅 빈 운동장에

홀로 서 있었을 때

스멀스멀하게 땅거미가 내려왔고

아이의 가슴 위로는

짙고 슬픈 침묵이 스멀스멀

내려왔다.

그림자처럼 따라 달리던 푸른 꿈을

자작나무 그늘 곁에 세워 두고

결코 잊지 않겠노라 약속하며

아이는 어둠 속으로

걸어 들어갔다.

많은 세월이 흐르고 난 후
그가 운동장 한 켠에 아무렇게나
내던져 두었던 책가방을 찾으려고
텅 빈 학교에 들렀을 때
여전히 싱그러운 바람이 불고
햇살이 눈부셨는데,
버려지지 않은 기쁨과
약속을 품고 살아가는 행복을
아느냐며 자작나무 그늘에서
아직도 푸른 그의 꿈이
웃고 있는 것을 보았다.

만선 위에서

모두가 잠든 밤에도 바람은

잊혀진 시간의 빈자리를 채우며 지샜듯이

오래 떠나있던 시절에도 끊임없이 펄럭였을

마을 회관 앞 깃발의 언저리에선

지나간 이야기들도 펄럭였으리.

깃발은 낡아 있었고 젖은 하늘 위로는

무심한 계절이 지나갔으리.

샛길 끝 굴참나무 가지 흔들리는 빈터에서

돌아오지 않는 너를 기다렸는데,

돌아오는 배들의 갑판에는

만선의 기쁨으로

가득하였으리.

닻을 내린 후에도 물살은

멀어진 날의 빈 가슴을 적시며 지샜듯이,

오래 떠나있던 날의 마당가에서 잠자리들의

날갯짓 흩어질 때

지키지 못한 약속들도 흩어졌으리.

울타리는 기울어졌고 산자락 위로는

정겨운 구름만 지나갔으리.

마루 끝 몇 벌의 모자를 비추는 햇살 속에서

돌아오지 않을 너를 기다렸는데,

돌아오는 배들의 갑판에는

만선의 웃음으로

가득하였으리.

어느 낯선 여행지에서

나를 알아보는 이 있을 리 없는
어느 낯선 여행지의 숙소에서
나는 커튼을 열고 창가에 서 있었다.
손을 내밀어 창을 열자
길게 드리우는 이국의 산 그림자와
낯선 향기가 훅하고 밀려왔다.
하지만 그 향기를 전해주는 바람은
어쩐지 낯이 익었는데,
아, 반가운 바람!
떠날 때부터 나를 앞서가며
나보다 더 설레던 바람이었다.
나는 왜 익숙한 사람들 곁을
떠나려고만 하였던가.
기념품 가게들 옆으로 하루를 기념하듯
가로등이 켜질 때,
누군가 여행을 끝내고

저무는 것들의 그림자를 디디며
익숙한 사람들 곁으로
설레며 돌아오고 있었다.

제2부

곤고한 날에는 생각하라

겨울 들녘에 서 있었다

시련을 모르는 채 그저 뛰놀던 날의
들길에는 잎이 지고 있었으나,
추운 틈새의 끝자락에서 더욱 펄럭이던
햇살들은 갈참나무 베어나간 자리마다
더욱 쌓이다가,
길고 메마른 밤이 오더라도 하얗게
여운으로 적셔주곤 하였다.
모든 것이 부시던 강둑길 곁으로
산 그림자를 밟으며 돌아오던 그 저녁엔
살아갈 날들도 오늘처럼
눈부시지 싶었다.
어리던 날에
겨울 들녘에 서 있었다.

시련을 만났어도 그리 춥지 않던 날의
골목에는 눈이 녹고 있었으나,

낯선 담장의 모서리마다 더욱 머무르던
바람들은 아스팔트 떨어져 나간 자리마다
더욱 적시다가,
남겨두었던 온기로 오래 시려 온 가슴위를
흩뿌리곤 하였다.
그날도 우리들은 빈 공터에서
빗물처럼 튀어 오르는 햇살들을
바라보고 있었으나,
마음으로는 저마다의 강물만
떠올리고 있었다.
힘겨운 날에
겨울 들녘에 서 있었다.

시련이 지나간 후 바람마저 저물던 날의
정류장엔 새가 날고 있었으나,
마을버스들이 먼 곳에서 돌아와

오래된 팻말 앞에 하나둘 멈춰 설 때,

들녘이 아니었을 정류장이

어디 있으랴.

언 땅 위에 흔들리던 기적 소리처럼

골목마다 정겨운 발자국 소리

가득하곤 하였다.

저무는 날에

겨울 들녘에 서 있었다.

함박눈이 내릴 때

살다 보면 바람마저 얼어붙고,
곱던 햇살들도 어느 먼 곳에만
머물러서,
실낱같은 가슴으로는
숨죽여 울 수조차 없는 날이
많았는데,
그래도 그립던 사람아!
그날 그렇게 숨죽여
울지도 못하다가,
곱은 손가락으로
생채기 난 꿈들을
온종일 꿰매다가,
어두워지는 골목 저 끝에
구부정한 어깨로 걸어나가
추억도,
사랑도,

눈물도 얼어붙은 하늘에 대고
뭐라고 하셨길래,
만 길 허공 저 끝에서부터
얼어붙은 길들을 녹이며
지나온 생애인 듯 멀고 먼 시선 위로
오늘,
함박눈이 내립니까?
함박눈은
말 안 해도 다 안다는 듯이
이토록 포근합니까?

흰 눈이 녹을 때

흰 눈이 내리는 날
누군가 멀리 떠나고 있었으나
발자국마저 덮혀버린 길목에는
흰 눈만 가득하였다.
우리들은
햇살의 짙은 그림자처럼 달라붙는
흐리고 검은 상처들을 흰 눈 속에 묻어두고
아무렇지 않다는 듯 먼 들판을
산 노루처럼 뛰어다녔다.

흰 눈이 녹을 때 우리들은
흐리고 검은 상처들이 어느새 일어나서
서럽던 눈빛 하나 남겨두고
멀리 떠나가리라 여겼다.
샛길 위로는 아무 일도 아니라는 듯
세월이 자꾸만 흘렀지만
어느 날 골목 끝에서 우리들은

참았던 눈물을 쏟아내며 흰 눈이
제 스스로는 떠나지도 못하는
흐리고 검은 상처들을 밤새
핥고 있는 것을 보았다.

다시 흰 눈이 녹을 때
엄마 품인 듯 겨우내 흰 눈 속에서
자고 깨며
자신의 땅이라 믿은 그 추운 곳에
겨우내 뿌리를 내린 것인지
흐리고 검은 상처들이 어느새
푸른 풀잎으로 돋아나고 있었다.
우리들은 그곳에서
슬픈 자리마다 정화시키던
흰 눈의 고귀함과
끝내 뿌리를 내린 이의 눈물을 담은
푸른 빛깔의 긴 여운을 보았다.

12월의 트럼펫

그해 고향 마을의 고갯마루를 하얗게
적설로 적시며 겨울이 오고 난 후
아버지 없이 지내던 12월의 밤하늘에
언제부터인가 곱고 슬픈 트럼펫 소리가
들려오기 시작했다.
곱고 슬픈 트럼펫 소리는 추운 별빛을 타고
마을 뒷산 아버지의 묘지가 있는 쪽에서
들려오곤 하였는데 어머니는 그저
강물 소리로만 여겼다.

그해 12월에 별들은
곱고 슬픈 트럼펫 소리와 함께 떠오르고
은하수도 함께 흘렀으나
다시 날이 가고 또 다른 겨울이 지나갈 때
아득한 땅에서도 별은 여전히 뜨고 지고
은하수는 그렇게 깊어 갔을 것이다.

큰 형이 한 줌 바람으로 돌아온 날

허옇게 빛이 바랜 오선지들이며 편지들을

뒷산에 묻어주고 내려오다가

우리는 처음으로 별이 뜨기도 전에 울리는

곱고 슬픈 트럼펫 소리를 들었는데

어머니는 여전히

얼음 속 강물 흐르는 소리로만 여겼다.

그러던 어느 해인가 12월의 깊은 밤하늘에

곱고 슬픈 트럼펫 소리 이미 그치고

별빛만 반짝일 때

12월의 은하수를 적시며

들려오는 트럼펫 소리에 다시 잠이 깨고 난 후

뒷산 아래 오래된 예배당의

차가운 마룻바닥에서 어머니가 시린 강물인 듯

밤새 곱고 슬픈 트럼펫 소리들을

하나씩

하나씩

길어 올리는 것을 보았다.

봄을 기다린 것은 언제나 겨울이었다

어느새 겨울은 사록 사록 흰 눈을 뿌리며
설렌다.
간곡한 12월의 거리에
순백의 빛나는 눈이 쌓이는 만큼
하늘은 자신을 내어주고
자꾸 어두워진다.

어느 날 겨울이 간곡함을 잃어
동네마다 얼룩진 상처로 남았을 때
시설 좋은 스키장 주인은
기계로 눈들을 찍어내며
온종일 투덜거리고,
콘도미니엄 회원권이 있는 사람들 중에는
따뜻한 겨울을 맘껏 업신여기기도 하였다.
해 지고 어둑어둑한 날에
땔감을 아낀 산 아랫마을에

눈 다시 내리고
바람이 불더니,
상처가 많은 사람들은 꿈결인 듯
어느 먼 곳으로부터 거문고 소리가
들린다고 여겼다.

리듬에 맞춰 춤을 추는 눈발
낮은 바람의 노래여!
겨울을 기다리던 길목 위의 햇살이
언제나 따스하였던 것처럼
봄을 기다린 것은 언제나 겨울이었지.
바람은 알고 있다네,
겨울의 기도를.
아버지여!
눈물 같은 이 추위가
지나가게 하시되

내 뜻대로 마시고,

아버지의 뜻대로 하소서!

2월의 강

바람이 저리 웃어도
누워 지낸 그 많은 날들을 아느냐고
묻는 갈대들의 끝자락,
2월의 강이 시작되는 자리에서
그대를 보았네.
그대는 울었지만,
강물은 제 속 깊이 숨겨진 길
내보일 수 없어서
그저 반짝였네.
모든 것이 눈부시던 강변에는
남겨진 이야기들이 두런대고
인적 하나 없는 어느 늦은 하오에
물그림자 속에 숨겨진 길을 밟으며
그대가 2월의 강을
건너고 있었네.
나부끼는 갈대들을 뒤로하고

반짝이는 2월의 강물을 건너서 그대가

설움 없는 약속의 땅을 향하여

걸어가고 있었네.

지친 그대에게

세상의 모든 딸들이 꿈꾸던 아침같이
반짝이는 잎새 사이
저 푸른 그리움으로 시를
사랑하였지만,
어느 날 딸들은 힘이 들고
시인도 사는 게 기진하여
이까짓 시가 다 뭐야,
눈 뜨는 아침을 싫어하고
푸념할 때
깊은 우물을 생각해 봐.
멍든 바다의 눈물을 생각해 봐.
제 스스로 말하지 못하고도
시는 상처받지 않는다.

어느 날 누군가가
상처 없는 시를 십자가에 못 박으면,
시가 피를 흘리면,

견디지 못하는 것은 시가 아니라
인생은 시가 아닐지 몰라 하고
푸념한 시인이거나
아침에 눈 뜰 수 없던
딸들인 것이다.
어두운 날에도
시는 상처받지 않는다.

휘파람 같은 세월이 흐르고 흘러서
내가 싱그러운 들바람 속을 걸을 때,
머리 둘 곳 없으셨던 주님이
내 상처 싸매주셨음을.
상처보다 크신 주님이 내 상처로
시가 되게 하셨음을.
지친 그대여,
시는 상처받지 않는다.

포구의 아침

바다로 가야 한다며 밤새 달려온
낯선 사내의 시선이 포구에 채 닿기도 전에
새들은 이미 바다 위를 날고 있었고
마을 앞에는 바람들이
깨어있기 일쑤였다.
푸르고 싱싱한 아침이 지난밤 싣고 온
짐들을 풀어 내릴 때마다
포구 한 켠에는 수취인 불명의 갖은
꿈들도 쌓여가고 있었다.
갖은 꿈들은 모두 어디에서 왔을까?
젖은 온몸을 해풍에 말리며
쉬고 싶은 것일까?
기다려야 하는 이유마저 놓쳐버린 것일까?
아니면, 푸른 물살에 제 몸을 잠근 후
세월이 가고 또 가더라도
어느 날 저 푸른 바람으로 일어설 수 있다면

그때 바람이 되어서라도 만나야 할

그리운 누군가가 있기라도 한 것일까?

낯선 사내가

푸른 바람 속에서 온 하루를

머무르고 난 후

저물어가는 포구를 막 빠져나와

저 온 곳으로 돌아가고 있었다.

먼동이 틀 때

골목에는 늘 버려진 가구들과
잊혀진 전단지들이 뒹굴었으나
한때 삶의 어느 어귀에서는
웃음소리 가득하던 날도 많았는데.
그때의 불빛들은 모두
웃음소리를 닮아서 빛났었고,
별빛들도 웃음소리를 닮아서
반짝였는데.
언제부터인가
 불빛도, 별빛도, 또한 웃음소리도
희미해져 가는 골목에서
주머니 속에 넣어두던 웃음의 기억들만
자꾸 꺼내보던 사람아.
아픔이 깊을수록
건뎌야 하는 이유도 깊은 줄 알았기에
비가 오는 밤이면

젖은 몸 가려주는 어둠이 오히려
고마웠던 사람아.
그대가 걸어온 저 먼 길을
오늘 젖은 눈으로 바라보다가
마침내 서설처럼 내려오는 결 고운 먼동에
손 내밀어 악수하고
비로소 웃는 사람아.

이 밤이 지나기 전에 그대여,
눈부신 것은 도시의 밤이 아니라
멍든 가슴에 돋는 새 살같은
먼동이었다고 말하라.
아직도 그대를 사랑하는 이들 곁으로
다정하게 다가가서
이전보다 더욱 사랑한다고
그대가 먼저 말하라.

푸른 바다로 가 보면

푸른 바다로 가 보면
별일 아니라며 푸른 물살이 다가들고,
물살에 채색되는 자갈들이
갖은 기억들을 품에 안은 채
푸르게 누워있을 것이다.
가장 먼저 흔들리던 바람은
그 많은 이야기들을 쉴 새 없이 들려주며
짙어가는 햇살 속에서
시간 가는 줄 몰랐을 것이다.
우리도 다 시간 가는 줄 모르며
지낼 때가 있었듯이

푸른 바다로 가 보면
견딜 만하다며 푸른 해풍이 밀려들고,
해풍에 채색되는 낮은 하늘이
갖은 사연을 품에 안은 채

푸르게 누워있을 것이다.
가장 가까이에서 날던 새들은
그 많던 그리움들을 쉴 새 없이 되뇌어주며
일렁거리는 물살 위에서
날 저무는 줄 몰랐을 것이다.
우리도 다 날 저무는 줄 모르며
지낼 때가 있었듯이

그리하여 푸른 바다에는
주홍빛 햇살 더욱 따뜻하고,
등대의 빛은 더욱 아름다운 푸른 바다에는
돌아오는 배들의 갑판마다
멀리 떠났던 꿈들이 그을린 표정으로
하나둘 돌아오고 있을 것이다.

마을 뒷산을 오르며

추운 날씨라서 더욱 정겹게 느껴지는
하오의 밝은 햇살에 이끌려
마을 뒷산을 오른다.
외딴집 마당,
누군가 오래 누워 지내던 창가에는
오얏나무 가지들이 그늘을 드리운 채
흔들리고 있다.
저토록 고운 햇살에도 흔들리지 않는다면
웃음을 잃은 탓이리라.
누구였을까?
그늘진 바위 곁에서 흔들리지도 못하고
머무르던 사람은.

추운 날씨라서 더욱 투명하게 달려드는
하오의 오랜 바람을 앞세우며
마을 뒷산을 내려온다.

한적한 능선,
한 철 무성했던 나뭇가지에는
아직 남은 몇 개의 이파리들이
반짝이고 있다.
행어 들창 밖으로
저토록 맑은 바람에도 반짝이지 않는다면
가슴이 무너진 탓이리라.
누구였을까?
그늘진 빈터 구석에서 반짝이지도 못하고
비껴서던 사람은.

추운 날의 마을 뒷산에는
정겨운 햇살과
바람 소리로 가득하였으며
새들은 가까이 날았다.
누구였을까?

변하지 않는 나무들을 바라보며,

혹여 잃었던 웃음 다시 피어나고

무너졌던 꿈들이

우르르

우르르

마을로 다시 내려오거든

가슴에 뒷산 하나씩 가꾸며

살자 하던 사람은.

해 지고 날 어두운 골목에서
빈 박스며 철근 조각들이 실린
손수레를 보았다.
수레는 불안했고
가장은 등이 많이 휘었다.
어린 그를 등에 업고
사과를 팔러 다니던 어머니처럼

굴뚝새 무늬 같은 저녁 하늘에
초승달이 걸린다.
바람 하나 없는 날이다.
바람 하나 없어도
이 여름에 누군가는
얼어 죽을 것 같았던 지난겨울이
생각나
어떤 더위도 참기로 했을 것이다.

외투값 여전히 비싼 이 도시의 겨울은
어린 날 얼음에 젖던 고무신보다
훨씬 차가운 얼굴일 텐데.
아이야, 유월절 언덕은
눈이 오지 않는 더운 지방이라도
여전히 춥고
바람이 험할 텐데.

다시 철마산 아래,
해 지고
날 어두워진 그 골목 속으로
고운 모양 하나 없어도
똑똑한 아들 하나
손수레를 밀고 있다.
밀면서 노래한다.
모든 산은 낮아지리.

골짜기는 평탄하고

모든 언덕마다

아침이 오리.

깊은 밤에 길을 걸을 때

걸어서 홀로 먼 길을 떠났다가
느지막이 집으로 돌아오는데,
달빛도 없고 인적도 그친 길이
어둡지 않고 익숙하다.
길은 맨몸으로 자신의 주변에서
부스러기처럼 조용히 사그라져 가던
빛깔의 미세한 입자들을
무명의 인물인 나를 위해 저토록
정성스레 불러 모으고 있었는지.
미세한 빛깔의 입자들은 또
고단함을 무릅쓰고 자신을 알아주는
길 위로 날개를 치듯
모어들었는지.
어둠 속에서도 나무들은
두려움 없이 잠이 들며,
길은 어찌하여 바람이 부는 날에도

떠나가지 않고 그 자리를

여전히 지키고 있었는지.

깊은 밤에 홀로 길을 걷는데

어둠 속에서도 길은 마치

일용할 양식처럼 한 걸음씩만

자신을 내어준다.

밝은 한낮에도 길은 한 걸음씩만

자신을 내어 주던 것을

우리는 이미 알고 있다.

그러나 깊은 밤에 홀로 길을 걸어 보면

우리는 밤이 깊을수록 끊임없이

어둠을 견뎌내는 나무들과

어둠 속에서도 미세한 빛의 입자들을

저토록 다정하게 끌어안는

하여,

시련 때문에 자기의 일을 버린 적 없는

길에 대한 아름다운 신뢰를

가슴으로 느끼게 된다.

장마가 지나갈 때

긴 하루, 혹은 온 밤이 지나도록
낡은 지붕 위를 쉼 없이 두드리고 나서도
잦아들지 못한 장마는
이제는 덧없는 열정 식히고 싶었는지
다시 장대비를 퍼붓는다.
살아남은 자의 상처를 닮은 물안개를
피워 올리고 있다.
아우리 족의 슬픈 민요처럼
오래 울어야 견딜 것 같은
그리움 가득한 어느 날에,
장마가 지나갈 때.

여 나흘, 혹은 스무날이 지나도록
오랜 창문 곁을 끝없이 서성인 후에도
기대서지 못하던 장마는
이제는 이별의 아픔 감추고 싶었는지
다시 억수 비를 퍼붓는다.

떠난 이의 밝은 숨소리 같은 물보라를
솟아 올리고 있다.
처마 끝에 숨은 울음처럼
오래 눈을 감아야 잠들 수 있는
아쉬움 가득한 날에,
장마가 지나갈 때.

이 비 그치면 설움도 그치려나,
저문 날 흐린 발자욱으로 걸어왔던
저 먼 길을 따라 시련마저
멀어질 수만 있다면.
빗속에서만 울고
어둠 속에서만 바라보던 사람이
돌아올 수만 있다면.
설레는 맘 가득한 날에,
장마가 지나갈 때.

카페의 풍경

I
어느 날 들른 카페에는
앞쪽에 오래된 풍금 하나가
놓여 있었다.
마음으로만 웃고 산 지 오래 지났다는
무명의 여가수가
무심코 그려지거나,
조용히 떠오르거나,
아직도 잊혀지지 않은 얼굴에 관해
노래하였다.
아무런 시련도 겪은 적 없어 보이던 사람들은
저마다의 멍든 바다를
떠올리고 있었다.
카페 안에는
끝없는 그리움의 서설들이
날아들고 있었다.

II

어느 날 들른 카페에는

옆쪽에 오래된 키타 하나가

기대어 있었다.

언제나 웃음 짓던 아내를 떠나보냈다는

무명의 중년 가수가

낙엽처럼 멀어졌거나,

꿈결처럼 사라졌거나,

끝내 다가서지 못했던 사람들에 관해

노래하였다.

아무런 이별도 겪은 적 없어 보이던 사람들은

저마다의 슬픈 강물만

떠올리고 있었다.

카페 안에는

끝없는 아쉬움의 물결들이

일렁거리고 있었다.

III

어느 날 들른 카페에는

벽 쪽에 오래된 트럼펫 하나가

걸려있었다.

별빛 같은 트럼펫 소리를 내며

무명의 늙은 가수가

풍랑이 일었다거나,

비가 내렸다거나,

어둠 속에서도 길을 잃지 않았던

이유에 관해 노래하였다.

아무런 설움도 겪은 적 없어 보이던 사람들은

저마다의 아픈 뜨락만

떠올리고 있었다.

카페 안에는

끝없는 먹먹함의 햇살들이

비껴들고 있었다.

그들인들 아프지 않으랴

언제였나, 그때
젊었던 우리들의 어느 한 날이 있었듯이
오늘은 홀로 촛불을 켠다.
속 깊은 창가에 앉아본다.
앉아보면
우선은 빛나고
화사한 촛불, 그러나
이내 어둠을 끌어안고 스스로는
희미해지는 촛불,
우는 촛불,
고달픈 이여,
안식 있으라!

이윽고 밤 깊어
강물 소리 같은 창을 열다.
휘 하고 다가오는 밤바람 소리와

손 시린 겨울 하늘과

언 산과 그리고

먼 동네 창틈들 사이로 잠 못 드는

불빛들 보이다.

그들인들 아프지 않으랴!

새벽이 오는 하늘

올려다보다.

바람은 아직 어두운 산허리를 돌아

몇 발자국의 기침 소리를 남기고는

저 온 곳으로 달려간다.

의연한 밤은 그제서야

꽃가루처럼 찬란한 위로를

상처마다 뿌리는데.

노래를 부르는데.

하얗게 아침이 오는데.

그때까지 우는 촛불이여,
앞으로도 오래도록 울어야 할
그대여.
그들인들 아프지 않으랴!

햇살 가득한 날에

살다 보면 추운 날에도
밭이랑처럼 굴곡진 생의 들판 위로는
햇살이 가득하듯이
지나온 그리움으로 언 강을 수놓다가
하얗게 흩어지는 눈꽃들을 닮아서
우리들의 시간
눈부시라!

하루가 저물어 갈 때
더딘 버스들이 골목길을 돌아
마을 앞 정류장에 멈춰 서고
찬란했던 것은 언제나 삶이 아니라
머리 위를 비추는 햇살, 혹은
비 갠 날의 하늘이겠으나
우리들의 웃음
가득하라!

지나고 보면 눈물 나던 날에도

창틀 곁으로 삶의 온기 남아있고

별이 진 후에도 길 위의 속살들은

하얗게 흐드러지듯이

꽃잎처럼 소중한 사람 곁으로도

봄이 오고 봄이 가고

겨울이 또 가겠지만

우리들의 사랑

여전하라!

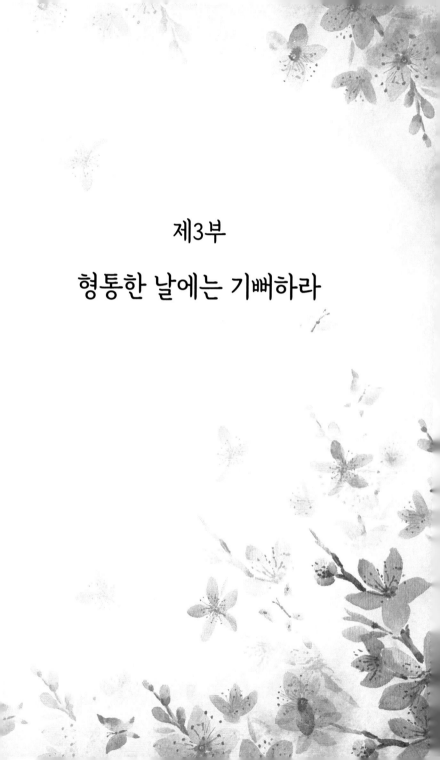

제3부

형통한 날에는 기뻐하라

낙엽은 쉽게 사라지지 않는다

해 일찍 떨어지고
떨어진 만큼 밤은 성큼 길어진
십일월의 대지에
서리 아직 내리지 않았으나
어둠을 타고 숨어든 겨울 첨병들의 눈초리
매운 새벽의 가로 위에서
낙엽들은 자꾸
낮은 곳으로만 굴렀다.

갈수록 냉혹할 바람에
미리 등 돌리려는 것이거니 생각했다.
하지만
움푹 패인 배수로 옆 질퍽한 땅에
철 늦은 나방 하나
낙엽에 덮여 잠든 것을
보았다.

아하, 겨울에도
낙엽은 쉽게 사라지는 것이 아니라
구석진 땅, 추운 무엇을 덮고
제 몸 헤질 때까지 머무르는 것을
낙엽도 또한
춥던 어느 날의 낙엽 속에서 살아남은
아린 기억의 씨앗이던 것을.

어머니의 자장가

햇살 눈부시던

어느 여름날이었던가.

어머니의 무릎을 베고

잠이 들었을 때

나는 지상에서 가장 고운 목소리로

푸른 바닷속을 지나는 아름다운

고래를 보고 있었다.

다시 어느 여름날이었던가.

여전히 햇살 가득하고

바람도 잠잠하던 날에

잠이 들었는데,

나는 지상에서 가장 슬픈 목소리로

숨을 곳조차 찾지 못하는 상처 입은

고래를 보고 있었다.

힘에 부쳤고 그리 크지 않았으나

단정한 몸짓 어디 하나,

누구라도 만만히 여기지
못하였으리라.
내 유년이 끝나는 시기까지
끊임없이 가라앉고
끊임없이 일어서며
상처를 입었을 때도 여전히 아름다운
고래를 보았는데,
고래의 그 곱고 슬픈 노래들이
쉼 없는 물살에 부딪히며
견뎌내던 소리였기에
오늘처럼 아픔이 멀지 않은 곳에서
차마 떠나지 못하고 서성이는 날이면
더욱 그리워지는
어머니의 자장가여.

오래된 노래를 들을 때

오래된 노래는 내 유년의 겨울 하늘

위로 날려 보냈던 가오리 연의 흔적처럼

서린 바람으로 멀어진 후

그저 어디에선들 나 없이도

잘살고 있겠지 하였으나

차마 떠나지도 못하고 내 삶의 주변

일테면 어느 장독대 모서리 혹은

무심한 골목 어디쯤에 흐린

그림자로 스며 있었나 보다.

스며 있다가 비가 내린다든지

안개가 서럽게 덮이는 날이면

구(舊)십 구(舊)점 구구(舊舊) 킬로 헤르츠로

내 가슴을 접속하여 개울 소리

바람 소리 가득했던 날의 이야기를 다시

전해주고 싶었나 보다.

오래된 노래는 슬픈 기억 씻어주고

잊혀진 미소 떠오르게 하려고

비처럼 안개처럼 가슴에 스며든 뒤

시련도 살아갈 이유가 된다면

그리움마저 다시 일어서는 열정이 된다면

부디 힘을 내야 해,

너를 향해 웃어주던 그 누구도

너를 잊은 적 없어,

너의 고달플 날을 위해

미리 울던 이의 기도도

나는 다 알고 있어,

그러니까 부디 힘을 내야 해하며

내 가슴에다 저토록

간절하게 속삭이고 싶었나 보다.

여름이 지나가네

적막한 날

낮게 뜬 구름이 가슴의 통증을 적셔주며

조금씩 내려앉고

오래된 병실 창문 아래로

그리 크지 않은 치자나무 수많은 가지들과

그림자들 흔들리는데

길고 오래된 여름이,

통증 같은 여름이,

마침내 구름보다 느린 여름이

지나가네.

무심한 날

시련을 만난 후에 흐린 바람만 가득하여

햇살의 온기는 간데없고

너를 떠나보낸 뜨락 너머로는

수국 나무 수많은 잎사귀들과

그림자들 흔들렸는데
멀고 힘겹던 여름이,
눈물 같던 여름이,
마침내 바람보다 흐리던 여름이
지나가네.

깊은 밤에는
혼자 깨어있어도 좋으리.
비 오는 어느 처마 곁을 지나칠 때
두런대는 불빛들 정거우리.
찌빠귀새 울어대던
내 유년의 마당가에
비자나무 수많은 향기들과
그림자들 흩날리듯이
그립고 아득할 여름이,
꽃잎 같을 여름이,

마침내 불빛보다 눈부실 여름이

지나가네.

모퉁이 찻집

서대문 네거리의 오래된 우체국
뒤쪽으로 가파른 고갯길 옆 '모퉁이 찻집'에는
내 스무 살의 저녁 햇살 속으로 퍼져가던
그리움들 아직 남아 있으리라.
그때 나무 탁자 위에는
워낙 투박하여
세월이 흐른다 해도
이가 빠질 염려가 없어 보이던 찻잔들은
기억하리라,
바람불던 날의 내 투박한 이별을.

서대문 충정로의 오래된 극장
뒤쪽으로 익숙한 언덕길 옆 '모퉁이 찻집'에는
내 젊은 날의 어두운 골방을 채우던
노래들 아직 남아있으리라.
그때 진열대 통로에 기대어

수동식 단 초점 카메라로 사진을 찍어주던

단발머리 여주인은

기억하리라,

비 내리던 날의 내 오래된 약속들을.

서대문 북아현동 중턱의 오래된 세탁소

뒤쪽으로 좁다란 골목길 옆 '모퉁이 찻집'에는

내 그리운 날의 아픔마저 숨겨두던

발자욱들 아직 남아있으리라.

투명한 유리 너머로 내다보이던

샛길 곁의 창문들은

기억하리라,

내 자췻집이 있는 고갯길로

김치랑 마른반찬들을 이고 오르시던

어머니의 반짝이는 미소들을.

풍경, 낯익은 설렘 앞에서

화려한 웃음 접어 두고
못내 떠나던 갈대숲 강변에
해 기울어도 억새 바람
정겨웠으리.

익숙한 악수 뒤로 하고
순박한 얼굴로 넘어서던 잿길 끝에
날 저물어도 여우비
그리웠으리.

낯선 땅에서도 같은 해가 떠오를 때
눈물처럼 쏟아지던
살구꽃 이파리들과,
꽃 무덤 위에서
펄럭이던 꿈들의 깃발과,
아, 가파른 모서리를 정화하던

잔술들의 향연

있었으리.

하여, 헤지고 버려진 것들의

가슴을 파고들던 벼린 붓끝은

숨은 들녘 어느 바위틈에서

꿈인 듯 노래인 듯 바람으로 머무르다

풍경, 낯익은 설렘들을 저토록

찾아내었으리.

눈이 올 것 같은 날의 저녁은

눈이 올 것 같은 날의 저녁은
어스름 더욱 깊어지고
시름도 깊어진다.
자주 오던 바람마저 오지 않고
웃던 이웃 떠나간 날
눈은 아직 오지 않고
뜨락 아래 나뭇잎들은 저 스스로
날개를 흔들어서 잊고 지낸 바람들을
불러내고 있었다.
어느덧 텅 빈 뜨락을 채워가는
여린 바람들.
불평한 적 없었으나
자주 오던 바람도 전에는
어느 실팍한 대지의 표면 위에서
서툰 날갯짓으로, 오랜 날을
지났을 것이다.

눈이 올 것 같은 날의 저녁은
산 그림자 더욱 깊어지고
후회도 깊어진다.
자주 들리던 산꿩의 울음소리마저
들리지 않고
울던 사람 떠나간 날
눈은 아직 오지 않고
서랍 속의 앨범들은 저 스스로
책장을 열어서 잊고 지낸 시절들을
불러내고 있었다.
어느덧 텅 빈 방안을 채워가는
지나간 이야기들.
후회한 적 없었으나
자주 보던 강물도 지금은
어느 무심한 세월의 모서리에서
깊은 그리움으로, 많은 날을
지나고 있을 것이다.

산골 마을에 내리는 눈

외딴 산골 마을에
눈이 내린다.
어스름한 저녁
떠난 이의
휘파람 소리를 닮은
슬픈 바람이 울고
어두워진 빈 들녘의
나뭇가지 사이에는
등불 같은 눈송이들이
환하게 빛나고 있다.
누군가 떠나던 자리를
온종일 맴돌던 바람이
멀어진다.
모든 그리움을 다 합치면
저런 빛깔일까 싶은
먹먹한 하늘 아래로

밤이 깊어갈 때

외딴 산골 마을에

눈이 내린다.

겨울에 내리는 비

겨울에 내리는 비는
떠나보내는 자의 눈빛만큼
길고 어둡다.
꿈처럼 곱던 열일곱 살 소녀는
길고 어두운 눈빛으로 멀어진 후
돌아오지 않았다.
빗속에서 울던 날
떠나간 하늘 저 끝에다 슬픈 냉기를
다 내어주고
따뜻한 온기들을 채워가던
겨울에 내리는 비가 내게
안아줘도 되느냐고 물었다.

겨울에 내리는 비는
떠나가던 자의 마음만큼
흐리고 무겁다.

별처럼 다정하던 열일곱 살 소년은

흐리고 무거운 마음으로 멀어진 후

기별조차 없었다.

빗속에서 그의 노래가 들리던 날

머무르던 세상 저 끝에다 아픈 상처를

다 묻어 두고

어린 불빛들을 불러 모으며

겨울에 내리는 비가 내게

곁에 머물러도 되느냐고 물었다.

바람의 진심

겨우내 얼었던 눈이
조금씩 녹아내리는 날에도
바람은 여전히 세차게 불겠지요.
낮게만 드리우던 하늘이
투명해지는 길 위로 물러서고,
햇살마저 따뜻해 보인다 해도
아직 봄이 온 것은 아니예요.
그러므로 바람이 다시 거칠어진다고
부디 마음 상하지 마세요.
아직 봄이 멀리 있고,
건뎌야 할 아픔 남았기에
쉽게 약해지지 말라는 뜻일 테니까요.

바람의 진심을 알고 나면,
지난겨울
헝클어진 숨결로 온통 하늘 먼 데까지

뒤덮으며 소동하던 때도

우리가 시련 속에서 울기야 하겠지만

마음마저 얼어붙거나 쉽게 포기하지 않기를 바라던

바람의 진심을 알고 나면,

겨울이 지나갈 때,

아직 견뎌야 할 시련 많이 남은

겨울이 지나갈 때,

우리는 더욱 의연하고

힘을 낼 수 있을 거예요.

꽃샘추위

지난겨울에는 혹독한 추위와 함께
힘겨운 일이 너무 많아서였는지
꽃잎의 이름마저 다 잊고
지냈더니,
꽃이 진들 어때,
잎이 잠들면 뭐 어때, 하던 날에도
숨 쉬는 하늘엔
하얀 눈꽃이 피고,
반짝이며 별꽃도 피고,
개울 밑에선 얼음꽃들
무성하더니,
깊이 잠긴 물길 속에서도 시간은
흘러서
어느새 꽃샘추위라 하네.

꽃샘추위는
하얀 눈꽃도 지고,

반짝이는 별빛도 바래고,
투명한 얼음꽃들 지쳐가는 날에
시린 가슴으로 샛강 저 끝을
타고 올라온 연어들처럼 허옇게
스러지고 있었네.

아, 우리들의 시절은 흩날리는
눈꽃이거나, 차가운 별꽃, 혹은
온 마디 저려오는 얼음꽃과도 같아서
푸르른 잎은 어느 햇살 아래서만
피는 걸까 물어도
눈꽃 아롱진 계곡을 지나고
꽃샘추위의 서러운 날을 건너면
비로소 봄이 오리니
그때 꿈꾸던 잎 푸르고 꽃향기는
황홀하겠네.

봄의 화원에서

창 넓은 꽃집 '봄의 화원'은
어린 날의 뒷산 같았다.
햇살들은 채양 아래 빨래 널듯
걸어놓은 차림표 위에 오래도록
머물렀다.
지난겨울은 모든 것이 힘겨웠으나
칙칙한 백열등 밑에서 읽어 내려가던
책장 속의 마리세이유 감옥이라든지,
폭풍의 언덕이라든지,
혹은
버려진 수레바퀴 아래와도 같던
내 스무 살의 작은 창틈에 등불인 듯
종일 머무르던 햇살이
자꾸만 떠올랐다.
'봄의 화원'에서
사람들은 저마다 생의 어두운 처마 끝에

등불인 듯 달아두려는지
마을 앞 개울가에서 사철 반짝이던 모래
알갱이의 빛깔이 나는 햇살들을
투명한 비닐 봉투에다
채우고 있었다.

창 밝은 꽃집 '봄의 화원'은
어린 날 봇도랑 같았다.
자주 보던 산나리와 머위 꽃들은
밭이랑처럼 늘어놓은 화분들 속에서
다정하게 흔들렸다.
지난겨울은 모든 것이 그리웠으나
산나리 같던 내 여동생,
머위 꽃 같던 어머니와 내가
아버지 없는 세상을 살아내던
울타리 한 켠에 종일 머무르다 가던

햇살의 향기가 자꾸만 떠올랐다.

'봄의 화원'에서

사람들은 저마다 삶의 시니컬한 마루 끝에

향기인 듯 달아두려는지

뒷산 언덕에서 내내 반짝이던

미루나무 이파리의 향기가 담긴 햇살들을

투명한 유리병에다

채우고 있었다.

봄비가 내릴 때

봄비가 내릴 때
창문 곁을 서성인다면
비를 좋아하는 사람일 것이다.
창문을 열어둔다면
비가 되고 싶은 사람일 것이다.
비가 되고 나면
아픔도 떠내려 보낼 수 있을 텐데.
오래도록 흐린 날에,
어두운 세상 씻어주는
봄비가 내린다.

봄비가 내릴 때
미소를 짓는다면
비를 닮은 사람일 것이다.
나즉하게 노래를 부른다면
비를 품고 사는 사람일 것이다.

폭풍에 잠기듯이 미움마저
잠긴다면
헤어지는 광기들도
잠잠해질 텐데.
오래도록 지친 날에,
험한 세상 달래주는
봄비가 내린다.

봄비는
우리들의 아린 가슴 적셔 주던 봄비는
서성이던 사람들의 눈물마저 씻기고서야
흐린 발자욱으로 걸어왔던
높고 먼 자신의 집으로 돌아가리니.
이 땅을 두루 다니며
뜻을 다 이루고 나서야 하늘로 돌아가는
말씀이 내려오듯이
오늘, 봄비가 내린다.

함께 부르던 노래

뽀얗게 먼지가 앉은 옛날 사진기를

꺼내 들고

아이야,

사진 찍으러 간단다.

추억을 찾으러 간단다.

그날 강변에는

고운 모래들과,

빛나는 자갈들과,

잘게 부서지는 물결이 일렁이고

푸른 강어귀 낮은 나무들의 틈새마다

우리가 소풍 와서 함께 부르던 노래

아직 걸려 있었단다.

오래 넣어 두었던 수동식 사진기를

꺼내 들고

아이야,

노래하러 간단다.

세월을 찾으러 간단다.

그날 강변에는

여전히 푸른 하늘과,

싱그러운 바람들과,

함께 걸으며 돌아보던 갈대들의

어깻짓 정겨웠고

시린 강 하구 널찍한 빈터마다

우리가 소풍 와서 함께 부르던 노래

아직 남아있었단다.

물속에 잠긴 고향

지치고 힘겨운 날이 계속되자

나는 문득 기억 속의 고향이라도

찾아가고 싶어졌다.

그동안은

그 많던 사람들이 하나둘 떠난 뒤에

고향이 물속으로 걸어 들어갔다고 들어서

내게는 찾아갈 고향이

없다고만 여겼는데.

오늘 20년 만에 찾은 옛 강변에서

한 번도 나를 잊은 적이 없었다며

나의 고향이 강물의 가슴을 열고

버선발로 다가왔다.

나는 뛰놀던 골목길과

익숙한 바람 소리 가득한 언덕에서

아쉬움과 탄식을 겉옷 벗듯 던져두고

아무 걱정 없던 날의 들마루에 누워

깊은 잠이 들었는데.

고향은 나를 위해 길 하나를 열어둔 채

다시 강물 속으로

들어갔다.

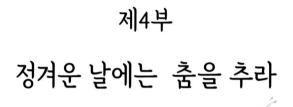

제4부

정겨운 날에는 춤을 추라

모든 나무는 다 특별하여도

모든 나무는 다 특별하여도

내게 아주 특별한 나무,

투명한 물이 아니라

끈기있는 소금기,

눈물이라야 자란다는 나무 하나 있어

눈물 찾으러 다녔네.

이리저리 다니고

많이 기웃거리다

눈물 못 구해 울던 날

그것으로 된다시네.

세상의 눈물이 너무 모자라지 않는 이유를

아느냐고 물으시네.

모든 나무는 다 특별하여도

내게 너무 특별한 그 나무 자라

새들이 깃들인다면

새들은 까맣게 잊고
나무 또한 모르겠지만
주님은 아신다네.
내가 울었음을.
나무를 위하여 잠 못 이루었음을.

모든 나무는 다 특별하여도
또 누군가는 그렇게
특별한 나무를 향해 울었다네.
나무를 향해 울던 내가
누군가의 나무였다네.
특별하였다네.
주님은 아신다네.
그이가 울었음을.
나를 위하여 잠 못 이루었음을.

샛길 곁을 지날 때

샛길 곁을 지날 때

모퉁이마다 꿈꾸던 햇살

숨어들고,

젖은 들녘 기차 지나가는 건널목에서

한 그루 나무로 서 있을 때도

기도하던 그대여.

샛길 곁을 지날 때

거현,

안내,

수한,

죽전 2리 넘어

해지는 뒷산 아래 텅 빈 초등학교 운동장

정거워라.

강아지풀 흔들리는 사립문에 걸린

아버지의 잔기침과,

어머니의 새벽기도여.

샛길 곁을 지날 때
두 아이 붙든 손 연약하고
무정한 임 야속해도
아, 샛길로 떠났던 꿈
그대 앞에 돌아와
비처럼 가슴에 젖어드네.
샛길 곁에 멈춰 서서
웃는 그대여.

교회가 있던 풍경

그때 마을 앞을 돌아 흐르던
야트막한 개울의 수면 위로
하얗게 몸을 뒤집던 버들치들과
저녁이면 진홍색 석양이
교회당 종탑 사이로 아름다웠으나,
정거운 날에 골짜기마다 가득하던
두릅나무 그늘의 짙은 향기마저
먼지 털 듯 털어주고
어머니가 촘촘한 징검다리를 건너 멀어져간 뒤
곱고 아름답던 것들 모두
내게서 멀어졌지.

산 그림자 적막하고
바람마저 불지 않아
흔들리지도 못했는데.
어느덧 해가 저물고 언덕 아래

교회당에 눈물 같은 빛깔로

등이 켜질 때

내 가슴 속으로 노래하나

들어왔지.

"내가 연약할수록

더욱 사랑하시고

높은 하늘에서도

낮은 나를 보시네.

날 사랑하심

날 사랑하심

성경에 써 있네."

어머니는 너무나 멀리 있고

사방은 고요하여 숨 막히던 그 저녁에

내가 비처럼 내리는 그 노래를 품고

젖은 가슴이 되었을 때,

마을 앞 촘촘한 징검다리 위에는

그리움보다 깊은 종소리들

가득하였지.

내 마음의 봄

엄니, 오래된 겨울에 봄은 이미 잊혀졌고
고운 꽃들 또한 꿈길에만 핀다 해도
엄니, 눈, 바람, 햇살조차 녹지 않는
꽃그늘처럼 투명한 들녘과
햇살에 채색되는 고운 빛깔의 얼음 그늘,
그 아래서 살다 보면
토닥거리며 타오른 눈 매운 화로
정겹고,
엄니, 우리는 젖은 장작 곁에서
거친 빵을 구우며
깊이 파둔 땅속에서 오래 익힌 포도주로
거룩한 성찬을 나눌래.

엄니, 익숙해진 겨울에 봄은 너무 멀리 있고
반짝이던 강물 또한 가슴에서만 흘렀어도,
엄니, 선명한 빛깔로 스며드는

아침나절의 생기와

바람에 채색되는 대지의 숨결

그 아래서 살다 보면

물 여울 얼음들의 틈새마다

은어들의 노래 청량하고,

엄니, 우리는 어스름한 어둠 곁에서

느린 춤을 추며

창고 한 켠에서 오래 익힌 아코디언의 가락으로

장엄한 경배를 드릴래.

엄니, 우리의 겨울이 비록 길고 길었으나

곤히 잠든 밤이면 눈꽃 속에서 꿈들이

하얗게 피어났고,

엄니, 그 많은 날이 지나는 동안

우리 곁에 한 번도 봄이 온 적 없었어도

마음은 언제나 봄이었다고

웃으며 말할래.

다시 희망의 이름으로

우리가 어느 추운 강둑이거나,

어둡고 거친 논둑이거나,

혹은 불빛 없는 생의 산허리에서

비에 젖고 센 바람에 흔들리던

잦은 사연들이거나 간에

희망, 정겨운 이름으로

아침을 맞을 수 있다면

아침 햇살 가득하듯 웃음도

피어나겠지.

무심한 시련도 견뎌냈겠지.

그러나 희망, 정겨운 이름마저

멀게만 느껴지는 날,

우리는 또 시린 가슴으로

울먹일 테지만.

다시 꿈꿀 수 있다 말하는 그대여.

우리가 저 춥고 냉혹한 길 한복판에

서 있을 때,

온 날을 서성일 때,

길 한 켠에 건초 이파리들처럼

널브러지곤 하였을 육신 같은 원고지를

도닥여서

희망, 눈물에 젖은 이름으로

다시 건네시는

꿈결 같으신 이,

길 위에 계신 그대여.

우리가 어느 추운 눈보라 속이거나,

산등성이 끝의 자욱한 안갯속이거나,

혹은 어두워진 하늘 밑으로

예기치 않게 다가오던 이별의

아픔이거나 간에

희망, 눈물에 젖은 이름으로

하루를 보낼 수 있다면

가락지 꽃 만발하듯 꿈들도

피어나겠지.

많은 샘들 곁을 지나겠지.

그러나 희망, 눈물에 젖은 이름마저

희미하게만 느껴지는 날

우리는 또 흐린 눈빛으로

흔들리겠지만

다시 춤출 수 있다 말하는 그대여.

우리가 저 낮은 땅끝 자락에

다다를 때,

갈 바를 모른 채 멈춰 설 때,

땅 한 켠에 굴참나무 껍데기들처럼

내던져지곤 하였을 심장 같은 글자들을

가다듬어

희망, 땀에 젖은 이름으로

다시 건네시는

춤결 같으신 이,

길 끝에 계신 그대여.

그들의 광야

누군가는

광야가 좋아서 광야로 나갔다며

스스로 말하여도

깊어진 상처 숨기려고 나갔지.

섭씨 오십몇 도의 모래 속에 종일

상처를 묻고 상처와 함께

죽으려고 나갔지.

돌아보면 누려본 적 없는 삶에

사랑 밖에는

아무런 아쉬움 없었지만

광야 외로운 샘 곁

종려나무 그늘에 누워

사랑했노라!

가난했지만 사랑했노라!

종일 울고 있을 때

그 소리 주님께 닿고 말아서

버선발로 뛰어오셨지.

눈물 닦아 주셨지.

그 후로 누군가는

소돔 같은 도시라도 사랑했던 이들 곁에

돌아와서

골방 구석에는 남모르는 샘을 파고

하늘로 난 작은 창가에는

푸른 종려나무를 심었지.

사랑했노라!

가난했지만 사랑했노라! 울 때마다

버선발로 오시는 주님의 발

눈물로 씻기며 살았지.

등대를 그리다

등대의 마음에 들어가 보지 못하고는
도무지 등대를 그릴 수 없을 것 같아서
등대로 난 마음의 문을 찾다가
온 하루가 다 지났다.
웃지 않아도 느껴지며
소리 내지 않아도 들려오는 다정한 등대를
그리다 보면
상한 갈대를 꺾지 않고,
꺼져가는 등불을 끄지 않으며,
거리에 목소리조차 들리지 않아도
빛으로 전해지는 등대의 마음을 그리다 보면
어둡던 내 인생의 화실에도
밝은 빛들이 가득해지곤 하였다.

오늘 밤에 풍랑이 인다 해도
우리가 잠들 수 있는 이유를 모르고서는

도무지 등대를 그릴 수 없을 것 같아서

등대로 난 마음의 창을 내느라

온 하루가 다 지났다.

바라보지 않아도 그윽하며

등 두드려주지 않아도 따뜻한 등대를

그리다 보면

모든 것에 부드럽고,

굽이쳐 오는 물살에 애태우며,

때로는 깊은 시름 속에서

자신의 그림자마저 불살랐어도

날이 밝고 나면 보게 되는

등대의 고운 마음을 그리다 보면

칙칙하던 내 인생의 방안에도

고운 색깔이 채색되곤 하였다.

겨울 십자가

빈 들에 눈이 내렸다.

거친 바람과 잡목들 사이로

짧은 해가 걸릴 때

흐린 그림자 같은

겨울 십자가를 보았다.

멈춰 서서 오래 머무르면

겨울 십자가가 흐린 그림자를 드리우며 서 있는 이유를

알 수 있을 것 같았으나

우리는 어둠을 핑계로 쉽게

그 곁을 지나쳤다.

하지만 쉽게 잊을 수도 없었다.

그 날 외딴집 어느 부엌에선

막 지핀 장작이 타올랐다.

그리고 먼 훗날,

신발도 벗지 못한 채 한 생애를 살다 보니

겨울 십자가 앞에

오래 머무르지도 못하였다며
누군가 그곳에서
울고 있었다.
아, 겨울 십자가는
오래 머무르지도 못한 이를 기억하려고
차디찬 벌판에 저리 오래도록
서 있었나 보다.

빈 들에 아침이 왔다.
눈부신 능선과 바위 사이로
어둠보다 길던 바람이 머무를 때
슬픈 휘파람 소리 같은
겨울 십자가를 보았다.
멈춰 서서 오래 둘러보면
겨울 십자가가 슬픈 휘파람 소리를 내며
거기 서 있는 이유를

알 수 있을 것 같았으나

우리는 일상을 핑계로 쉽게

그 곁을 지나쳤다.

하지만 쉽게 떨쳐낼 수도 없었다.

그 날 가파른 계절 어느 언저리에선

그리움만 흩날렸다.

그리고 먼 훗날,

길을 잃은 줄도 모르고 한 생애를 살다 보니

겨울 십자가 앞에서

오래 둘러보지도 못하였다며

누군가 그곳에서

울고 있었다.

아, 겨울 십자가는

오래 둘러보지도 못한 이를 기다리느라

황량한 빈들에 저리 오래도록

서 있었나 보다.

숲으로 난 작은 길

숲으로 난 작은 길은 언제나

마을 뒤쪽 길 끝에 맨발로 서서

밤이 올 때까지 서성이다가

떠올랐던 달마저 기울고 빛나던 별 또한

식어지면 까무라치듯 몇 번씩

숲 속으로 사라지곤 하였다.

사라진 후,

숲 속의 나무들 사이 살아있는 것들의

모든 대문을 두루 다니며

캄캄한 밤이라도 길은 남아있는 거라고

말해준 후 그 밤이 끝나기 전에

돌아오기를 반복하였어도,

사람들은 그저 숲으로 난 작은 길이

잠시 어둠 속에 잠겼다가

새벽을 맞은 것이라고만

여겼다.

영혼의 어두운 밤마다 맨발로 서서

잠들지 못하던 숲으로 난 작은 길은

지금은 밤을 기다리며

조용히 누워 있다.

비 오는 어느 교회의 정문 앞에서

내키지 않는 표정을 숨기고 나간

어느 모임에서

비싼 식사를 하다가

소심하고 곧이곧대로라며 외면당하여

홀연히 어느 먼 곳으로 떠나버린 목자에 관해

누군가 말하는 것을 들었네.

그저 듣기만 했기에 내막도 모른 채

무심하였지만

모임을 마치고 오는 길에 마침

그 교회 앞을 지날 때

비가 내렸는데

엄마 손 놓친 아이처럼

그 교회 정문 앞에 망연히 서서

울고 있는 한 여인을

보았네.

울고 있는 여인은

비에 젖은 머리카락으로

씻기실 주님의 발 어디 있는지 물으며

그렇게 서 있었지만

주님은 내리는 그 비로

그녀의 영혼을 깨끗하게

하셨네.

연어의 노래

친구여
아름다운 석양이 바다 위에
수줍은 여인처럼 누워 있네.
이제 곧 밤이 오면
황홀한 진홍색 알몸에 윤이 나는 검은 옷을
두르겠지.
지나온 날들은 아름다웠네.
별빛이 거센 바람에 등불처럼 깜박여도
따뜻한 시선에 아름다웠고
비를 맞으며 걷던 길도 함께라서
아름다웠고
어느 추운 날에 대문 밖에서 누군가를 기다릴 때는
하얗게 눈이 내려서
아름다웠네.
함께 부르던 그 많은 노래들이
떠오르네.

친구여

오늘 파도 소리 더욱 정답고

별빛을 품은 하늘은 저리도 포근한데

나 이제 바다를 떠나려 하네.

바다를 떠나서

내가 살아온 이 바다의 시원

내 모든 생의 기초

시클라멘 향기 그윽하고

어머니의 젖 냄새가 쉼 없이 흘러들던

그곳을 향해 가려 하네.

그곳으로 가는 동안

커져 버린 몸집 쉬 숨길 수 없고

얕은 물을 지날 땐 살갗들 찢어져

피 흐르겠지만

돌아갈 곳이 있고

그리워할 곳이 있었기에

늘 가슴이 뛰었던 것을 생각하며
말없이 견디려네.

친구여
언제나 나보다 먼저 웃고
나보다 먼저 울던
나의 바다여!
나를 보내고 그대는 슬퍼하겠지만
나 또한 그대를 그리워 하겠지만
눈물보다 찬란하고
이별보다 머나먼 곳,
추운 날에도 길을 잃지 않게 하던 사랑이
시작되던 그곳으로
나 이제 가려 하네.

해변의 밤

깊은 밤 해변에 누워

별들을 바라본다.

별들은 다 반짝였지만

바다 깊은 곳에서 떠올라

바다 깊은 곳으로

돌아가기까지

혹여 작은 바람에도 흔들리던

몇몇의 작은 별들은

얼마나 마음을 졸이며 지냈을까?

아침이 오면

힘겨운 별들이 내려와 누웠던 자욱

모래 위에 선명한데도

사람들은 그저

밤에 울던 물새들의 발자국이라고

여겼을 것이다.

깊은 밤 해변에 누워

별들을 바라본다.

별들은 다 꿈을 이뤘지만

생의 깊은 자리에서 떠올라

생의 깊은 자리로

돌아가기까지

혹여 작은 시련에도 힘겨워하던

몇몇의 작은 꿈들은

얼마나 마음을 졸이며 지냈을까?

세월이 가면

기진한 꿈들이 내려와 쉬던 자리

삶의 뜨락에 뚜렷한데도

사람들은 그저

밤에 내린 빗줄기의 흔적이라고

여겼을 것이다.

깊은 밤 해변의 밤에서 우리는

별이 지고

꿈은 잠이 들 때도

식지 않는 사랑,

흔들려도 아름답고

홍수에도 쓰러지지 않을

삶의 선연한 의지를 발견한다.

해변의 나이팅게일

해변의 나이팅게일은 언제나 혼자였다.

그는 어찌하여 오래 거닐던 숲을 등지고

바람 소리 피하지 못할 해변으로 온 것일까?

해변의 나이팅게일은 먼 시선으로

푸른 물살을 바라보곤 하였다.

어떤 날은 바위틈에서

나들이 온 가족들을 저물도록

내려다본 적도 있었다.

그러다가 언제부터인가 나이팅게일은

파도가 치지 않는 밤에는

파도 소리를 내며 울고,

비가 오지 않는 밤에는

빗소리를 내며 울었는데

내가 적막한 삶의 한복판을 걸을 때

파도 소리를 들은 것과

메마른 땅을 걷던 밤에

빗소리를 들은 것은

누구의 울음이었을까?

해변의 나이팅게일은 언제나 혼자였다.

백년 꽃이 피던 날

먼 길을 떠나는 사람이 이름은 잊었으나 백 년에 한 번 꽃을 피우는 종이라며 건네주기에 그저 '백년망초'라 부르며 먼 길을 바라보듯 무심하게 바라보곤 하던 검초록 단색 식물이 낡은 플라스틱 화분 속에서 슬그머니 백년 꽃을 피운 날은 창가에 볕도 없이 흐리고 '백년망초'가 자라고 있는 화분에 물을 준 때가 언제인지조차 잊어버렸으며 사실은 이 생의 모든 것을 다 놓고 싶을 만큼 힘겨운 날이었다.

단순한 몸짓 어디에 저토록 화사한 빛깔이 숨어 있었을까? 플라스틱같이 건조한 일상에 우물은 그렇게 말라가고 꿈들은 마른 흙덩이인양 부서졌겠으나, 검녹색, 검청색, 검보라색 잎새 사이로 숱한 세월들 내려 쌓이듯 그 많은 그리움들 모두 가슴에 묻고 살았을 터이나, 지나간 세월 길고 모질었던 만큼 남은 날은 검붉은 유채색 백년망초 창가에서 그대여 부디 행복하기를. 그 어간에 내 인생의 창가에도 슬그머니 백년 꽃이 피었기에, '백년망초' 꽃잎보다 검푸르고, '백년망초' 꽃술보다 싱그러운 윤기들을 지천에서 본 적은 많았으나, 꽃이 열릴 때 세상이 열리는 것을 보기는 이번이 처음이었다.

크리스마스에 눈이 내리면

먼 산 위로 짙은 해가 저물고 난 후에도
다시 아침이 오듯이,
그렇게 올해도 크리스마스가 오고
또 하나의 계절처럼 지나가겠지만,
헐벗은 겨울나무들은 솜 대신 눈을 얹어
제 몸 힘껏 크리스마스카드를 만들어도
별빛 속에 빛나는 카드
부칠 곳 잃어버린 사람들은
불러주던 노래까지 가슴에다 묻었을 텐데.
아, 세상은 그냥
고요히 잠들면 좋겠네.
아기 예수 잠 깨우지 않으면 좋겠네.
크리스마스에 눈이 내리면.

빈 하늘 위로 눈부신 웃음 멀어진 후에도
다시 눈을 들어 바라보듯이,

그렇게 올해도 크리스마스가 오고

또 하나의 기억으로 남겨지겠지만

차마 잠들 수 없는 가슴 하나쯤 있어서,

어디든 있어서,

요람을 지키다 피곤한 어깨로 지새우고

검불 속에 홀로 잠이 들 텐데.

아, 별처럼 초롱한 아기 예수

우시지 않네.

잠 깨우지 않으시네.

크리스마스에 눈이 내리면.